COLLECTION DE M. VÉRON

OBJETS D'ART

ET DE CURIOSITÉ

Me POUCHET
Commissaire-Priseur

M. MANNHEIM
Expert

CATALOGUE

DE LA

Riche Collection

D'OBJETS D'ART

ET DE CURIOSITÉ

Bustes et Groupes en marbre sculpté, par Houdon, Falconnet et autres; Bronzes meublants des époques de Louis XIV, de Louis XV et de Louis XVI, parmi lesquels on remarque : **une magnifique paire de Feux**; Terres cuites par Marin et Pigale; Porcelaines anciennes de Sèvres pâte tendre, de Saxe, de Chine et du Japon, montées et non montées; Objets divers des XVIe et XVIIe siècles; très-belles Tabatières en cristal de roche gravé et en or émaillé des époques de Louis XV et de Louis XVI; Argenterie ancienne de différentes époques; très-joli meuble à deux portes vitrées et en bois de Rose richement garni de bronzes dorés et différents meubles de diverses époques, etc., etc.

Provenant du cabinet de M. VÉRON

dont la vente aux enchères publiques aura lieu

HOTEL DES COMMISSAIRES-PRISEURS

RUE DROUOT, N° 5

SALLE N° 5, AU 1er

Les Lundi 22 et Mardi 23 Mars 1858

Par le ministère de Me **POUCHET**, Commissaire-Priseur,
rue Saint-Honoré, 217, successeur de M. RIDEL.

Assisté de M. **MANNHEIM**, Expert, marchand de Curiosités
rue de la Paix, 10

CHEZ LESQUELS SE DISTRIBUE LE CATALOGUE

EXPOSITIONS :

PARTICULIÈRE, le Samedi 20 Mars 1858.
PUBLIQUE, le Dimanche 21 id.

1858

CONDITIONS DE LA VENTE

Elle sera faite au comptant.

Les acquéreurs paieront en sus des adjudications cinq pour cent applicables aux frais.

PREMIÈRE VACATION

Le Lundi 22 Mars 1858, à 2 heures et demie.

Tabatières et Bijoux divers; Argenterie ancienne; Porcelaines de Sèvres, de Saxe et autres, non montées; Objets divers, des XVIe, XVIIe siècles et autres.

DÉSIGNATION

DES OBJETS

Tabatières & Bijoux divers.

1 — Belle boîte en cristal de roche gravé en relief, sujets de chasse; monture en or garnie de brillants.

2 — Jolie boîte ovale en or émaillé, fond gris de fer, encadrée de grappes de groseilles; au centre un émail: Éducation de l'Amour. Époque Louis XVI.

3 — Boîte ovale en or émaillé, fond rose transparent avec galerie d'ornements en couleur; au centre un émail: l'Amour couronné. Époque Louis XVI.

4 — Boîte oblongue Louis XVI, en or ciselé.

5 — Boîte ronde en écaille, à parquet de cheveux; au centre une belle miniature: Vénus et l'Amour.

6 — Boîte en écaille ; au centre un émail : Triomphe de Neptune.

7 — Cuvette de montre rocaille en acier finement damasquiné, sujet de chasse.

8 — Très-joli petit groupe en perles fines et or émaillé, dragon terrassant un lion.

9 — Cadre en argent à fleurs et arabesques en relief, contenant une miniature.

10 — Petit émail sur or, portrait de femme Louis XV.

Argenterie ancienne.

11 — Grande et belle soupière ovale en argent repoussé et ciselé, époque de Louis XVI, à rinceaux, tors de lauriers, etc.

12 — Écuelle du temps de Louis XIV, en argent richement repoussé et ciselé.

13 — Jolie écuelle Louis XVI, en argent ciselé et gravé.

14 — Écuelle Louis XV, en argent repoussé et gravé, ornée de médaillons pastoraux.

15 — Écuelle Louis XV en argent à oves et raies de cœur.

16 — Trois flambeaux en argent, Louis XV, à balustres. Très-beaux d'ornements et guirlandes de fleurs.

17 — Deux flambeaux en argent, Louis XVI, à colonnes et chapiteaux ioniens.

18 — Théière Louis XVI à trépied, en argent repoussé.

19 — Théière à trépied, en argent à gaudrons, Louis XVI.

20 — Réchaud trépied en argent.

21 — Grande et belle coupe, forme ronde et sur piédouche, en vermeil; le plateau représente le Jugement de Pâris. Travail très-fin, au repoussé.

22 — Pied d'ostensoir en argent repoussé, époque Louis XIII.

23 — Deux coquetiers et deux petites cuillers en vermeil.

24 — Deux couteaux et deux cuillers en argent, les manches garnis d'arabesques et d'enfants à jour.

Porcelaines de Sèvres non montées.

25 — Cabaret composé de : un plateau forme losange et à galerie à jour, un sucrier, un pot à crème et deux tasses; le tout en porcelaine de vieux Sèvres tendre; décor à fraises

26 — Tasse droite, vieux Sèvres tendre, fond gros bleu, à medaillons; sur la tasse : Ariane, et dans la soucoupe, sujet pastoral.

27 — Écuelle vieux Sèvres tendre, fond blanc à pois d'or; médaillons contenant des Amours en camaïeu rose.

28 — Écuelle vieux Sèvres tendre, riches décors à ornements.

29 — Théière et tasse vieux Sèvres tendre, décor à ornements.

30 — Écuelle ovale vieux Sèvres tendre, ornée de guirlandes de fleurs.

31 — Jardinière vieux Sèvres tendre, à guirlandes de fleurs.

32 — Écuelle vieux Sèvres tendre, décorée d'oiseaux dans des paysages. Le couvercle est fracturé.

33 — Six tasses, un bol et un pot à crème, Sèvres tendre blanc et or.

34 — Tasse à oiseaux de proie.

35 — Cabaret gros bleu et or, composé de six tasses, théière, sucrier et pot à crème.

Porcelaines de Saxe et autres non montées.

36 — Grande écuelle, plateau et couvercle en vieux Saxe, à sujets Watteau. — L'intérêt de cette belle pièce est surtout dans l'écuelle même qui, brisée jadis sans doute, a été autrefois refaite en vieux Sèvres tendre.

37 — Plaques de galerie à jour, en Saxe blanc et or.

38 — Cabaret en porcelaine de Vienne, fond mordoré à reflets, composé de : un plateau à jour, un sucrier, une théière, un pot à crème et deux tasses ; les ors en relief.

39 — Cabaret en porcelaine de Berlin, à écailles rouges et médaillons Watteau, composé de : six tasses à chocolat, six tasses à café, deux bols, un sucrier, un pot à crème, une théière, etc.

40 — Deux jolis petits groupes, renard et poule, chien et lièvre.

41 — Veilleuse à bain-marie, en vieux Saxe à fleurs en relief.

42 — Groupe en Saxe : le Baiser.

43 — Vase porcelaine de Chine, craquelé gris, à gorge et têtes de lions. — Vente Montebello.

44 — Deux plats Chine émaillés bleu et blanc. — Vente Montebello.

45 — Grand vase à mandarins, porcelaine de Chine.

46 — Deux très-grands plats, porcelaine du Japon.

47 — Cabaret porcelaine de Chine ; six pièces.

48 — Chimère en céladon blanc.

49 — Pot à tabac en céladon gauffré. — Vente Montebello.

50 — Six assiettes Chine, décor à figures.

Objets divers.

51 — Coffret reliquaire en ivoire, forme carré-long, à dôme, orné d'émaux de Limoges : les douze Apôtres peints en grisaille.

52 — Sainte Magdeleine, émail de Limoges colorié. Cadre de forme architecturale en bois incrusté de nacre de perle.

53 — Émail de Limoges colorié, de forme cintrée : le Christ en croix et les saintes Femmes.

54 — La Flagellation, émail de Limoges colorié.

55 — Médaillon ovale en émail colorié, très-fin : Apollon et les Muses. Restauré.

56 — Deux médaillons ovales en émail : Paniers de fleurs et perroquets.

57 — Coffre de mariage carré-long. Travail vénitien en os à sujets sculptés en relief et marqueterie de bois.

58 — Deux petits plateaux ronds en lapis-lazuli, montés sur pieds en bronze doré au mat, Louis XVI.

59 — Fusil albanais garni en argent.

60 — Un plateau en écaille dorée et gravée de la Chine.

61 — Une bouteille en faïence de Delft, à sujets en camaïeu bleu.

62 — Un lot de petits cadres italiens en bois sculpté et doré.

DEUXIÈME VACATION

Le Mardi 23 Mars 1858, à 2 heures et demie.

Marbres sculptés; Terres cuites; Porcelaines de Sèvres, de Saxe et de Chine montées; Bronzes meublants; Meubles.

DÉSIGNATION

DES OBJETS

Marbres sculptés.

63 — Madame Victoire, fille de Louis XV, tante de Louis XVI, buste grandeur nature en marbre blanc, par Houdon.

64 — Sophie Arnould, buste grandeur nature en marbre blanc, par Houdon.

65 — Deux figures égyptiennes en pied, grandeur nature, sur leur fût à colonnes cannelées et à hiéroglyphes, le tout en marbre bleu turquin.

66 — Deux grands vases en porphyre oriental rouge, montés en bronze doré, sur riches socles ornés de figurines, de même en bronze doré.

67 — Deux groupes en marbre blanc, sculptés par Falconnet; l'Amour châtié et l'Amour caressé, sur leurs socles

68 — Statuette en marbre blanc attribuée à Falconnet, jeune fille aux colombes.

69 — Deux beaux bustes, époque Louis XV, Flore et Zéphyre. Grandeur nature.

70 — Deux vases en brèche rose de Sicile et sculptés, à gaudrons en spirales, fine monture ancienne à fleurs en bronze doré.

71 — Deux grands vases en marbre à fleurs et mascarons de satyres, signés : Maurissart, 1719.

72 — Petit buste de Bartholoni en marbre blanc sculpté.

73 — Une colonnette en jaune antique à tête de taureau et guirlandes de fleurs en relief.

74 — Bacchus enfant, groupe en marbre blanc sculpté ; jolie composition de trois enfants et d'une panthère.

75 — Deux jolies têtes d'enfants, appliques en marbre.

76 — Deux gaines en marbre blanc, forme carrée.

Terres cuites.

77 — Jean qui pleure et Jean qui rit, deux terres cuites de Pigale, sur pieds en bronze et marbre.

78 — Faunesse et deux petits Faunes; groupe en terre cuite par Marin.

79 — Deux petits Faunes, terres cuites, par Marin.

80 — Étude de femme, terre cuite ancienne.

Porcelaines de Sèvres, de Saxe et de Chine montées.

81 — Deux vases forme aiguière, en vieux Sèvres pâte tendre, fond bleu de roi, ornés de médaillons réservés en blanc, contenant des bouquets de roses. La monture, en bronze ciselé et doré au mat de l'époque de Louis XVI, est de la plus exquise finesse.

82 — Grand vase jardinière, Sèvres tendre, fond bleu de roi, à médaillons genre Berghem; monture en bronze doré. Provenant de la vente du maréchal Sébastiani.

83 — Vase en Sèvres tendre, fond bleu de Vincennes, à médaillons à oiseaux; monture en bronze doré.

84 — Petit plateau forme carrée à galerie à jour; fond vert turquoise et médaillons à fleurs, monture en bronze doré.

85 — Deux très beaux candelabres anciens à trois branches en bronze doré, ornés de fleurs de Saxe. Au centre, des perroquets tenant des cerises dans leur bec, en ancienne porcelaine de Saxe.

86 — Deux petites perruches en Saxe, propres à faire les flambeaux des candelabres.

87 — Deux jolis candelabres anciens à deux lumières bronze doré rocaille, très-fins, au centre, des enfants sur des éléphants en vieux Saxe.

88 — Bougeoir à deux lumières, bronze doré très-fin, au centre, figurine en blanc de Saxe.

89 — Grande et magnifique coupe en porcelaine de Chine décorée à écailles rouges et bleues et bouquets de fleurs, très-richement montée à galerie, à anses et sur quatre pieds élevés en bronze rocaille ciselé et doré, style Louis XV.

90 — Deux vases, porcelaine de Chine à mandarins, monture en bronze doré.

Bronzes meublants.

91 — Une paire de feux en bronze doré Louis XVI, à groupes variés : Junon et son paon, un enlèvement par Jupiter. Au centre, des amours. Pièce remarquable.

92 — Deux candelabres formant vases, sur socles en prisme d'améthyste, à quatre lumières et ornements en bronze doré au mat.

93 — Deux beaux candelabres à trois lumières en bronze doré, Louis XVI. — Vases soutenus chacun par deux cariatides de femmes enlacées de guirlandes de fleurs et de fruits.

94 — Deux jolis candelabres Louis XVI, à trois lumières ; vases en marbre blanc garnis d'ornements en bronze doré au mat. Bouquets d'œillets et de pervenches. Les socles en brocatelle d'Espagne.

95 — Deux candelabres à deux branches en bronze doré à enfants Satyres de Clodion, au bronze vert antique. Époque Louis XVI.

96 — Deux vases Louis XVI en bronze doré au mat, précieusement ciselés et recouverts de guirlandes de fleurs, attribués à Gouthières.

97 — Deux socles carrés arrondis en bronze doré au mat et à trophées.

98 — Grande galerie de cheminée à balustres, à vases, cassolettes et bas-reliefs, en bronze doré Louis XVI.

99 — Buste de faune, bronze ancien sur piédouche en porphyre.

100 — Deux feux, les souffleurs en bronze ciselé et doré au mat. (Modernes).

101 — Grand cartel à rocailles et figures d'enfants en bronze doré.

102 — Deux feux cassolettes à trépied. Époque de Boule, bronze doré.

103 — Bacchante en bronze doré, sur socle en vert antique et bronze doré.

104 — Figurine en bronze sur fût en granit.

105 — Deux vases formant flambeaux, modèle cassolette à trépied en bronze ciselé et doré et porcelaine tendre gros bleu.

106 — Deux bras de cheminée à sept lumières et à lis en bronze verni.

107 — Pendule forme lyre, bronze doré au mat. Le pied en marbres blanc et turquin.

108 — Deux figures de femmes drapées, en bronze au vert antique, sur socles en marbre blanc, accessoires dorés au mat.

109 — Très-grand lustre à 48 lumières, en bronze verni et à cristaux, style Louis XVI.

110 — Grand lustre à 24 lumières, en bronze doré, à grand vase, au centre, en porcelaine gros bleu et à chaînes à suspension, modèle très-riche, style Louis XV.

111 — Lustre à 20 lumières, en bronze et cristaux, style Louis XVI.

Meubles.

112 — Armoire sur hauteur et pieds, à deux ventaux à glaces, en bois rose garni de très-beaux bronzes dorés.

113 — Très-grand paravent à dix feuilles, garni de riches étoffes orientales.

114 — Régulateur Louis XV, en bois de rose, enrichi de bronzes dorés.

115 — Deux grandes gaînes en marqueterie de cuivre et d'étain sur écaille, garnies de bronzes dorés.

116 — Petit meuble dit bonheur du jour, en bois rose et bronze dorés.

117 — Autre petit meuble, bonheur du jour, bois rose et bronze doré.

118 — Deux consoles en bois de rose, garnies de bronzes dorés ; époque, fin du règne de Louis XIV.

119 — Une très-grande pendule de cheminée et son socle, en marqueterie de Boule, enrichie de bronzes vernis.

Renou et Maulde, imprimeurs de la compagnie des Commissaires-Priseurs, rue de Rivoli, 144. 1874

www.ingramcontent.com/pod-product-compliance
Ingram Content Group UK Ltd.
Pitfield, Milton Keynes, MK11 3LW, UK
UKHW020228200726
13856UKWH00004B/1657

9 782013 076197